Mathias Richling

Ich dachte, es wäre der Froschkönig

Mathias Richling

Ich dachte, es wäre der Froschkönig

Bilder
Rainer Hägele

Spectrum Verlag Stuttgart

Einbandgestaltung und Bilder: Rainer Hägele
Satz: Remsdruck, Schwäbisch Gmünd
Druck u. buchb. Verarbeitung: Ebner Ulm
ISBN 3-7976-1404-7

Vorwort
oder
Siehe Nachwort

Der Hase läuft nicht
oder
Der Igel ist immer der Dumme

Es war an einem heißen Morgen im Herbst,
als der Buchweizen zur Ernte gefällig war
und der strenge Wind über die Felder fegte,
wo außer Stoppeln nichts mehr zur Rasur stand.
Und als die Bäume gerade
ihre ersten Apfelblüten warfen.
Die Lerchen sangen ohne Lust,
und die Lärchen hätten Lust gehabt,
aber sie konnten nur Nadellaub hervorbringen.
In der Kirche froren die Leute,
und alle waren vergnügt,
und der Hase war es auch.
Er stand nämlich vor seiner Tür,
und da gab es keine Kirche.
Gesagt, getan.

Da fiel ihm ein, daß er nach den Möhren schauen könnte, die in der Erde ihr Stecksein fristeten. Seine Familie pflegte er damit zu ernähren: die Kinder bekamen, was sie rosig aussehen ließ, nämlich die Farbe, seine Frau aß davon nichts, und so blieb das meiste für ihn.

Er war geradewie in Gedanken, als ihm von weitem der Igel begegnete. »Schönen guten Morgen, Stachelmeister!« sagte der Hase höflich. »Ich möchte wissen, was du in aller Frühe schon herumzugrüßen hast?« fragte der Igel. »Ich gehe, um zu spazieren«, hörte er zurück und sagte: »Ich meine, kein noch so langer Spaziergang wiegt die Zeit auf, die du brauchst, deine Kolossalpfötchen in Schuhe zu packen.«

Das hörte der Hase gar nicht gern, denn die Zeit war wirklich knapp und seine Füße tatsächlich elend groß: »Du meinst wohl, du könntest dir drauf etwas einbilden?« »Allerdings. Mich würde nicht wundern, wer bei einem Wettlauf die Wette gewönne und wer den Lauf.«

Darauf schlug der Hase ein. Und der Igel stachelte den Kropf und posaunte: »Laß' uns bis zur Eiche dort preschen!« »Einverstanden!« meinte der Hase, »Und vielleicht könnten wir das Rennen gleich fortsetzen, sobald wir die Eiche erreichen, bis zurück wieder hierher. Das hätte den Vorzug:

dann wäre ich nämlich schon da.«

»Wie, Moment?« fragte der Igel unsicher, »ich bin ... du wärest schneller??«

»Ich könnte in keiner Zeit laufen!« frönte der Hase.

»Dann brauchen wir praktisch
gar nicht zu laufen?!« gestand der Igel.
»Nein, aber bis zur Eiche!« beharrte der Hase.
»Also: Gar nicht laufen!« repetierte der Igel.
»Eben«, nickte der Hase, »aber bis zur Eiche.«
Da wußte der Igel nimmermehr, was er sagen sollte,
und während sie sich noch so unterhielten,
können wir
uns etwas einfallen lassen.

Der Anfang
oder
Es war einmal eine Kappe und ein Mädchen,
die waren einmal und also waren sie zweimal.
Je eins.
Zweimal war also
je eine Kappe und ein Mädchen.
Je. Je einmal.
Da ein! Und hie eine! Zweimal!
Von jedem eine oder ein einmal sind zweimal.
Addiert!
Malgenommen wäre nur eine!
Einmal eine sind eins.
Aber hier war einmal eine Mädchen,
oder ein Mädchen,
und – addiert – aber eine Kappe.
Eine!
Zusammen zwei.
Einmal eine und ein sind dennoch zwei.
Nicht zweie. Zwei! Schlicht! Einmal.
Zusammen zweimal, jeweils einmal.
Also waren zweimal jeweils einmal zwei:
eine Kappe und ein Mädchen,
beziehungsweise

waren einmal zweimal eins,
eine Kappe und ein Mädchen,
als Einheit zwei, als Einzel eins, je eins.
Von jedem eins. Von je! Je!
Waren! Von je waren!!
An der Vergangenheit
ändert auch die Zahl nichts.
Von je waren einmal
eine Kappe und ein Mädchen.
Von je.
Waren.
Es
waren
einmal.
Vergangenheit.
Alles andere ist gar nicht wichtig.
Ob zwei oder eins ist unwichtig. Waren!
Das allein ist wichtig.
Vergangenheit.
Waren.
Von je! –
Je nun.

Das Froschkönigsblau
oder
Des Froschkönigs Blau

Es –
man sagt, so beginnen alle Märchen,
mit ›es‹ –
Es war einmal ein Königsfrosch.
Einer schöner und ungewöhnlicher als der andere.
Denn er war durch einen häßlichen Vorfall
blau geworden, ganz königsblau.
Zu Lebzeiten nämlich glaubte er, aus dem Hofbrunnen entweichen zu müssen. Dieser war ihm ab einer Zeit als zu gefährlich vorgekommen, weil die Prinzessin, an Schiechheit und Alter ihresgleichen weit überlegen, im Spiel ihre güldene Kugel ins Brunnenwasser und ihm an den ohnehin recht flächigen Kopf geworfen hatte.
Alsdann bereitete er seine Flucht vor, weil er nicht wissen konnte, wieviele Kugeln das Königshaus noch in Reserve hatte, packte alles zusammen, was er besaß, und er besaß ja nichts, hoppelte über die Gräser und Steine und fiel schon bald in ein königliches Loch.

Da war ihm aber zumute, denn er war tief in den altehrwürdigen Kellergemächern gelandet. Im Augenblick jedoch schien sich ihm eine neue und wurflose Heimat aufzutun: fand er sich gleichwohl vor brunnengleichen Fässern, und in der Dunkelheit konnte er, wenn er über die Ränder lugte, lediglich eine Flüssigkeit als solche wahrnehmen, und er traute sich und glitt hinein und spürte, wie er darin genauso gut schwimmen und tauchen konnte. Und er tauchte und schwamm und schwamm und tauchte vor Freude über die wiedergewonnene Ungestörtheit,
bis es ihm blau vor den Augen wurde.
Denn es waren die königlichen Tintenfässer, in die er sich verirrt hatte, und als er noch merkte, daß ihn allmählich ein ungeheurer Drang überkam
zu schreiben,
da merkte er, daß etwas nicht ganz stimmen konnte. Und wie er noch so merkte, merkte er gar nicht, daß alsbald, nachdem er schreibsüchtig vor Tinte an der Fässer Rand ausgedauert hatte, und zwar etwas, und zu trocknen begann, eine Tür sich öffnete, und herein kam die schieche und alte Prinzessin,
um sich ihr Fässelein zu füllen.
Und im Schein der Lampe gewahrte sie den blauen

Frosch. Der quakte wehleidig, denn er erkannte sehr wohl die Prinzessin und war eines erneuten Kugelwurfs gleichsam gewärtig. »Nimm mich mit!« meinte die Prinzessin zu verstehen, »Ich bin ein Frosch im fremden Kleid!« Und sie,
die sich an einen ähnlichen Fall
schon zu erinnern glaubte,
streifte alle Zweifel ab und nahm ihn mit sich hinauf in die königlichen Speisehallen. Und wie er quakte vor Angst, wo sie ihm nun die Kugeln verpassen würde, wähnte die Prinzessin,
die einer vergleichbaren Szene
wohl gewahr wurde,
etwas wie ›Vom Tellerlein essen‹ herausgehört zu haben, und sie gab ihm bereitwillig von ihrer Gabel, die noch in den Speiseresten am Tische lag. Und als er sich an der Gabel stach und keinen Happen über deren Zinken zu bringen vermochte und gequält quakte, dachte die Prinzessin,
die sich an ein verwandtes Ereignis
getrost zu entsinnen meinte,
etwas von ›Deinem Becherlein‹ vernommen zu haben, und sie setzte ihren perlmütternen Becher vor seine Lippen und seine Nase, daß er fast erstickt wäre. Der

Königsfrosch prustete allmächtig, machte einen Satz zurück, was für ihn als blauen nicht weniger schwierig war, und er hätte sich auch beinahe in den eigenen Schwimmhäuten verfangen. Da quakte er und die Prinzessin,
die sich an ein sinngleiches Begegnis
zuversichtlich erinnert fühlte,
vermutete etwas vom ›Bettelein schlafen‹ aufgeschnappt zu haben, und also beeilte sie sich zu säuseln: »Sogleich, sogleich. Du darfst sogleich neben mir auf den Kissen ruhen.« Und sie legte den trockenen und blauen Königsfrosch zu sich auf das königliche Bett
und vergaß alle ähnlichen Fälle,
und bald schliefen beide übermüdet
einen langen und bunten Schlaf.
Und die Prinzessin träumte vom Frosch,
vom verwunschenen,
und wie er erlöst wurde,
und wie sie in seinen Armen lag,
und vor Glück weinte und weinte sie,
und wie sie erwachte,
waren ihre Kissen ganz naß.
Und wie es so ist in den Märchen:

Ihre Tränen, die sie im Schlaf um ihn und um sich geweint und die ihn genetzt hatten, mochten den Frosch endlich wieder erlöst haben: ihre Leinen waren über und über mit blauer Farbe bedacht, und neben ihr auf dem Kissen lag
ein wunderschöner,
hellstrahlender
Königslaubfrosch.
Und wenn er nicht sogleich in die königlichen Wettergläser wäre gesetzt worden, er wäre gewiß noch manches Mal
in die Tinte getaucht.

Die Uhr mit Löffeln gefressen
oder
In jedem Kind steckt ein Nippes

Es war einmal in Deutschland eine Geiß,
die war ausgegangen,
was an sich schon ein komisches Bild ist.
Aber sie hatte zudem ein siebentes Junges,
das war allein zuhaus,
und wartete nur darauf,
nicht gefressen zu werden.
Wie es nun so Geduld hatte, kam der Wolf, der der Geiß nicht an den Hut wollte, wohl aber vorbeischaute, ob er etwas Freßbares fände. Er legte zuerst Pfote und dann auch noch Zunge ins Fenster, und ob soviel Opfermut und Selbstzerstückelung öffnete ihm das siebente Junge bereitwillig die Tür. Der Wolf hechelte hinein, und das Geißlein wußte schon, was ihm blühte, sonst hätte es ja die Türe auch nicht geöffnet.
Es versuchte,
schnell in die Uhr zu schlüpfen,
die im Raume stand,
um nach Überstehen des Wolfes

der Mutter entgegenrufen zu können,
es sei im Uhrkasten.
Die Uhr aber,
die märchenhalber auf der Hand
und sprachlich in der Luft lag,
die Standuhr vorgeschriebenermaßen, war
– worauf das Wort ›lag‹ im Text eigentlich hinweist –
eine Taschenuhr
und viel zu klein.

Darum konnte das Geißlein nimmermehr hineinkriechen, sondern die Uhr schlüpfte kurzentschlossen in es. Und der Wolf konnte es gar nicht finden. Denn es machte nun immer ›Tick-Tack‹, so daß der Wolf in ihm eine Uhr sah, was ihm ganz natürlich schien, weil auch er wußte, was in den deutschen Haushalten für Kitsch herumsteht.

Fliehende Schönheit
oder
Schneewittchens Flucht

Es war einmal eine ältere Königin, die war, wie es der Zufall so oft gebietet in ihren Kreisen, mit einem – wenig jüngeren – König vermählt. Und saß sommers wie winters am Fenster und nähte und wunderte sich dann,
daß sie noch gar nichts geboren hatte.
So, wie sie sich öfters wunderte, so wunderte sie sich auch und besonders in einem Winter, nämlich in dem, der gerade herrschte, als dies Märchen spielte. Wie immer saß die ältere Königin und nähte am Fenster. Da geschah es, daß sie sich mit ihrer eigenen Nadel in den Finger stach, und zwar in irgendeinen.
Und das dreimal.
Und da wunderte sie sich noch mehr,
denn in all den Jahren hatte sie immer
das gleiche gewünscht
und das gleiche gedacht
und das gleiche getan,
und jetzt plötzlich
stach sie sich dabei persönlich in den Finger.

Und das dreimal.
Aber, und dies war vielleicht das Verwunderlichste, es kam an Blut nur ein Tropfen. »Nun«, sagte die ältere Königin ergeben, »dann soll es eben nur ein Kind werden.«
Und wie sie es gebar, war's auch nur eins.
»Tja«, zuckte sie in den Schultern, »es geschehen Zeiten und Wunder«, und bevor sie richtig zucken konnte, verstarb sie im Kindbett.
Derart kommen oft Kinder zustande, und oftmals sind sie schöner als andere. Und Schneewittchen, als was sie gleich von Anfang an bezeichnet wurde, war eine Ausgeburt an Schönheit und anderem. Doch hatte sie nicht mit ihrer bösen Stiefmutter gerechnet, die der Vater, der König, sogleich nach der leiblichen Mutter Tod ehelichte. Und Schneewittchen, bald im schönsten Alter, fragte sich, wie das geschehen konnte, und sie antwortete, daß dies niemals hätte geschehen dürfen. Denn ihre böse Stiefmutter stellte ihr nach ob ihrer Schönheit. Genau gesagt besonders, seit sich die böse Stiefmutter einmal in ihrem Spiegelein besehen hatte und sich so reizend fand, daß sie hineinkeckte, wer wohl die Schönste im Lande sei und dergleichen ziemlich ähnlich albernes Zeug, worauf sie sich

aus dem Spiegel gewissermaßen selbst antwortete, Schneewittchen sei tausendmal schöner als ich.
Sie hätte auch etwas anderes leicht antworten können, aber sie wollte Schneewittchen aus dem Hause haben, weil es nicht ihre Tochter gewesen war, und so schob sie es auf die Schönheit. Und sie bestellte gleich wütend den königlichen Kammerjäger für das gute Kind, der bisher nur dem königlichen Ungeziefer nachgestellt hatte, um Schneewittchen mit ihm so richtig zu entwürdigen. Und schickte ihn mit ihr in den Wald.
»Was soll ich im Wald?« klagte er, »Ich bin Kammerjäger!« »Du sollst mir Schneewittchen töten!« übertönte ihn die böse Stiefmutter. »Und zum Zeichen dafür, daß du es über dich gebracht hast, schneidest du mir ihr Herz aus.«
Der Kammerjäger, der so etwas noch nie gemacht hatte, ging mit Schneewittchen in den tiefen Wald, und Schneewittchen selbst hatte er bald völlig aus den Gedanken. Er hatte einmal versehentlich in ein paar Jagdbüchern geblättert, die ausnahmslos den Titel getragen hatten: ›Wir alle im Walde. Jäger unter sich‹, und hatte sich Stellen gemerkt, die besagen, wie man Wild ausnimmt, weil es ihn besonders geekelt hatte

dabei. Jetzt konnte er sie womöglich gebrauchen. Ihm deuchte noch, da rannte Schneewittchen, was es ihr Zeug hielt, auf und davon.
Nun saß er aber in der Patsche.
Woher sollte er das Herz nehmen?
Indessen, oh, Zufall:
auf einen Wink hin rettete ihn der Himmel,
der eigentlich
Schneewittchen hatte retten wollen,
doch nun war er schon mal parat:
es kam nämlich ein brauner, großäugiger Rehbock des Wegs, und wie der den Kammerjäger mit der Flinte sah, erschreckte er sich so lange und furchtbar, bis er sich zu Tode erschreckt hatte, und weil Rehe sich nicht an die Brust greifen können, sagte er nur einmal stöhnend und mit dem Zaunpfahle winkend: »Mein Herz!« und sackte zusammen.
Dem Kammerjäger kam, wie er das hörte, auch tatsächlich die Idee: er ging auf den Rehbock zu und schnitt ihm das Herz aus und hoffte im stillen, daß die Stiefmutter das Herz Schneewittchens nicht aus dem Kopf kannte und sie die Verwechslung nicht bemerken würde.
Der Kammerjäger hatte ganz richtig vermutet, denn

wie er heimkam und der bösen Stiefmutter das Herz des Rehbocks übergab, braute sie es sich gierig mit Kräutern und Soßen und aß es hastig auf, um sich die Schönheit Schneewittchens recht tüchtig einzuverleiben.
Kaum aber,
daß die böse Stiefmutter dies getan
und den letzten Bissen verschlungen hatte,
ward ihr ganz lebhaft zumute,
und sie ward mit einem Mal besessen
und sprang aus dem Schloß
über Wiesen und Felder davon
und in den tiefen Wald,
braun- und großäugig.
Und wenn sie nicht über kurz oder lang
als Sechs- oder Mehrender geschossen wurde,
lebt sie noch heute als Vielender,
und jedes Jahr kommt ein Ende dazu.

Wölferstündchen
oder
Komm, ich zeig' dir meine Briefmarken

Der Wolf kam,
und zwar tat er das zur Geiß.
Der zeigte er Pfote und Zunge,
ungefragt,
wie andere ungefragt
ihre Briefmarkensammlung herprotzen.
Und er sprach so schnell: »Ich zeig' dir Zunge und Pfote«, eben wie andere sagen: »Ich zeig' dir meine Briefmarken«, daß man einfach nichts mehr dazu sagen kann, und schon steckt man platt im Album oder klebt auf der Zunge. Ganz schnell. Rasant schnell: »Ich zeig' dir Zunge und Pfote«, daß die Geißin recht eigentlich nur verstand: »Zeig' dir Zote«, was – da sie bürgerlich aufgezogen war – eines bestimmten Reizes nicht entbehrte.
So ging sie mit ihm, das heißt, sie machte ihm auf.
»Ich hab aber kein Mehl«, sagte die Geiß.
»Nee«, sagte wieder der Wolf,
»ich wollt's dir ja auch bloß zeigen.«
»Ich weiß nicht,

was ich dir sonst anbieten könnte.
Außer mir hab' ich nichts im Haus.«
»Nee?«
»Nee!«
»Keine Geißlein?«
»Nee.«
»Auch keine sieben?«
»Nix.«
»Fad.«
»So?«
»Ja.«
»Ach.«
»Dann geh ich.«
»Und ich?«
»Ich bin nicht da, um vorliebzunehmen«,
sagte der Wolf und ging tatsächlich.
Erst als die Geißin sieben Junge ins Licht setzte, die mit weißer Pfote die Zähne fletschten und im Wechsel gegen den Uhrkasten kläfften, dachte sie sich:
»Er hatte mich doch nur angeguckt.«

Das Ahnen der Else
oder
Die Else als Ahne

Es war einmal ein Vater,
der hatte eine Tochter,
deren Vater sie die Else nannte.
Und diese Else war nicht dumm anzuschaun.
Eines Tages kam einer daher, der wollte Hochzeit machen, und suchte nur noch eine, die ihm zupaß käme und mit der er dies veranstalten könnte. Was er fand, war die Else.
»Aber ich nehme sie nur, wenn sie ganz gescheit ist«, sagte er sich und dem Vater. Zur Else schwieg er. »Oh«, sagte der Vater, »die hat die Fäden im Kopf.« Und die Mutter sagte: »Die sieht den Hund hecheln und hört die Tür zuschlagen.«
»Meinetwegen«, sprach da er, der Hans hieß, »das kann ich nicht beurteilen. Wenn sie nicht ganz gescheit ist, könnt ihr sie behalten und anderweitig vergeben. Ich will nur guter Dinge haben.«
Als sie zu Tische gesessen hatten, sprach die Mutter: »Else«, die plötzlich da war, »geh' du in den Keller und schaue nach Bier aus!« – »Wieviel?« fragte die Else und

nahm Elle und Krug von der Wand, damit sie sich nicht verschätze und das Bier ganz sicher zum Tisch bringe. Unterwegs pfiff sie, damit sie etwas hörte und in der Dunkelheit niemanden erschreckte. Als sie am Bier ankam, stellte sie ein Stühlchen davor, um es dem Krug bequem zu machen und öffnete den Hahn. Während das Bier auslief, wollte sie sehen, daß ihr die Augen nicht zuschlügen, weil sie gehört hatte, daß Bier den Menschen so müde macht. Solchermaßen lugte sie umher. Und wie sie gerade um sich herum gelugt hatte, so lugte sie einmal nach oben, um ihre Augen und ihre Gedanken an einer Kreuzhacke hängen zu lassen, die die Maurer dort vor vielen Jahrtausenden und vor lauter Versehen im Gebälk vergessen hatten. Und wie die Else sie noch so stecken gelassen sah, schluchzte sie auf einmal hellauf und stotterte mehr zu sich:

»Wenn ich den Hans kriege, so kriegen wir sicher ein Kind, wenn er nicht schon eins mitbringt. Das ist üblich. Und dann ist es alt und wir schicken's statt meiner in den Keller zum Bier, so fällt ihm die Kreuzhacke ins Kreuz und beschädigt es daselbst.« Und wie sie dies ausmalte, schrie und heulte sie plötzlich und schlug sich und saß da aus Leibeskräften über das bevorstehende Leid.

Droben warteten sie auf die jammervolle Else, die aber kam nicht, denn sie heulte noch. Da sprach man zur Magd: »Geh' doch zur Else und sieh', ob sie kindisch ist oder was ihr fehlt.«

Die Magd tat, wie geheißen und fand die Else im Jammertal vor und die Tränen laut platschen und hörte sich an: »Wenn ich den Hans kriege, kriegt er ein Kind. Und dann fällt dem die Kreuzhacke ins Gebein und zerschlägt's.« Da sprach die Magd: »Daran habe ich gar nicht gedacht. Was haben wir für eine kluge Else!« und sie setzte sich hinzu und machte es sich bequem und begann heftig mitzuweinen über solch Unglück.

Über der Decke aber dachten sie, daß sie doch die Magd fortgeschickt hätten, und als es ihnen zu bunt ward, schickten sie den leuchtenden Hausknecht. »Ich will sehen«, nickte der Knecht und: »No, was ist denn?« herrschte er die beiden an. Da nickte die Else: »Wenn die Kreuzhacke hier oben auf mein Kind stürzt, bin ich tot.« Der Knecht zog sich die Stiefel aus, streckte alle viere von sich und begann ebenfalls hündisch zu triefen vor Kummer, während er schweren Atems aushauchte: »Mensch, was haben wir für eine kluge Else!«

Als die Frau vom Vater schließlich auch noch abgesandt wurde, alle dermaßen vorfand und über die

kluge Else selben Satzes war, während sie sich am Fuße der Treppe dazulümmelte, weinten alle und sie selbst nur um so ergiebiger.
Der Vater bald hatte die Nase voll vor Durst und packte seine sieben Sachen und wanderte in den Keller, und als er vom Kind erfuhr, das mit der Hacke gestorben war, räkelte er sich, indem er grunzte: »Ich wußte es, wir hätten eine kluge Else«, und schon schossen ihm die Tränen aus den Säcken, die für dieselben vorgesehen waren.
Dem Hans erging's schließlich nicht anders, und er ward fassungslos mit dem Satz, daß er diese Klugheit ehelichen solle. . . . Mehr Satz kam nicht, denn unterm Lallen tränte auch er fürchterlich.
Und wie sie noch alle so dasaßen und heulten, ward ihnen allmählich ganz naß zumute und sie vermeinten, es seien die Tränen selbst, die feuchten. In Wirklichkeit aber war es das Bier, das auslaufende, das die Else vergessen hatte und das alle vergessen hatten, weil ihnen die Tränen feucht genug waren. Und wie ihnen allen noch so feucht ward, wurden sie immer betrunkener, und bald ersoffen sie kläglich im steigenden Bier und in fallenden Tränen. Zusammen mit ihrer klugen Else,
die so sehend hell

die Umstände vorausgeahnt hatte. Sie hatte zwar nur den Tod für einen erahnt und durch die Kreuzhacke von oben herab und nicht schleichend von unten und hatte sich wohl auch in der Generation getäuscht. Aber ansonsten war
sie doch sehend gewesen,
und im Ertrinken noch soll sie gegurgelt haben:
»Ich wußte nicht, daß ich mein eigenes Kind sei!«

Zeter um Schneewittchen
oder
Der Schreierinnen Mord

Es war einmal ein Schneewittchen, das aus großer Angst vor allen Spiegeln im Walde umherlief, weil ihm diese daheim zu jeder beliebigen Zeit hinterhergerufen hatten:
»Aber Schneewittchen ist tausendmal schöner als Ihr!«
Davor hatten sie stets noch etwas sehr leise gesagt, was Schneewittchen deshalb gar nie verstehen konnte, und dafür den Ausruf:
»Aber Schneewittchen ist tausendmal schöner als Ihr!«
um so lauter herausgebrüllt.
Verschüchtert hatte das gute Kind häufig versichert:
»Aber ich bin doch Schneewittchen!«
worauf dann allerdings die Stiefmutter,
die eine böse war,
irgendwo eine Türe aufriß
und sie funkelnd anblickte.
Solche Aufführung gipfelte eines unschönen Tages in einem Stegreifspiel der Stiefmutter,
die eine böse,
und die Knall auf Fall ohne das vereinbarte Stichwort

wie wild herangaloppiert kam und Schneewittchen vor sich her in den tiefen Wald scheuchte. Die war vor Erschrecken so bleich wie ihr Name geworden und vermeinte in der Furcht zuweilen, wenn sie sich umdrehte, ein Bock dresche hinter ihr drein. Aber sie hatte, was dahinten keuchte, durch ihre nachgesagte Schönheit wohl blenden und damit letztendlich abwimmeln können.

Von irgendwoher hatte
ein äffisches Gekreisch
sie noch aufhorchen lassen:
»Schneewittchen ist tausendmal schöner als Ihr!«
Und als sie darauf, wie gewöhnt, gemurmelt hatte:
»Aber ich bin doch Schneewittchen!«,
und als dann keine Türe aufgerissen wurde, da wußte sie, daß sie für den Augenblick den Fängen der Spiegel entkommen war und denen der Stiefmutter,
die eine böse gewesen,
auch.

Doch war sie einem neuerlichen Erscheinen beider andauernd gewärtig und unentwegt vor ihnen auf der Hut, und der Wind brauchte nur ein ›Schschschn‹ durch die Baumwipfel zu treiben, dann wurden ihre Schritte ganz leise und sie rechnete mit allem.

Auf diese Weise gelangte sie heute oder morgen
über einen Berg
und dann über noch einen
und noch einen
und dann über zwei hintereinander
und noch einen
und noch einen,
bis es der Berge sieben waren.
Da dachte Schneewittchen bei sich: »Wenn hier nicht gleich noch ein Berg liegt, dann wären es sieben gewesen, und das hat gewiß seine Bedeutung. Und wenn es keine hat, dann hat es eben die Bedeutung, daß es keine haben sollte.« Und wie sie noch versank, stolperte und segelte sie der Länge nach auf ein Dach, und zwar des Hauses der Zwerge, die ihrer Arbeit nachgingen. Perplex stülpte sie den Schornstein zurück, der sich in ihrem Haar verheddert und ihr Kleid gerußt hatte, machte ihren Leib recht klein und quälte sich durch den Türrahmen, und erblickte, was sie zudem angerichtet hatte:
da schwankte noch eine lange Tafel,
und Stühlchen waren durcheinandergepurzelt,
auf dem Boden lagen Teller und Becherlein,
Messer und Gabeln

und Äpfel und Butterstücke,
Wurzelenden und Waldbeeren,
Moossalate und Kräuterhack.
Und von allem waren es sieben.
»Ich wußte, es hat etwas zu bedeuten«,
mauschelte Schneewittchen in ihr lockiges Haar, das ihr beim Aufräumen über den Mund fiel. Und wie sie damit am Ende und jedes siebte Teil bedeutungsvoll gegessen oder zerbrochen oder verbogen hatte, gewahrte sie gegenüber sieben putzige Bettchen. Die stellte sie rasch nebeneinander, legte sich plumpsend darauf und wurde erst wieder wach, als sie von etwas gezwickt und gezwackt ward, was sie fast lachen machte. Gleichwohl konnte sie sich bezähmen, denn es waren
der Zwerge sieben,
die es durch ihr Lachen sicher noch satter gehabt hätten. Außerdem stand zu befürchten, daß durch menschliche Lauthalsigkeit das ganze Haus zusammengebrochen wäre. Schneewittchen beteuerte denn ihre Unschuld und ihre Entschuldigungen, und daß sie alles zusammen sühnen wollte.
»Dann sollst du uns dableiben als Haushälterin!«
tönten der Zwerge sieben im Chor.

Sie waren nämlich mit der Zeit schon ganz schön zerlumpt, und erst jetzt fiel es Schneewittchen auf, daß überall abgerissene Knöpfe in den Ecken lagen und himmelviele Wäsche mit beschmutztem Geschirr in einem Bottich schmierte, und da war auch sonst viel Kruscht und Wahllosigkeit, die nicht allein von ihrem Sturz herrühren konnten.

Also sagte Schneewittchen zu, vielmehr erst, nachdem ihr die Frage
nach Spiegeln im Hause
aufs bedauerlichste verneint worden war.

Am nächsten Morgen machten sich der Zwerge sieben früh auf und mahnten sie, daß ständig Marktschreierinnen daherkommen, »die bieten Kämme feil und suchen Schneewittchen.«

»Aber ich bin doch Schneewittchen!«
entfuhr es ihr, und sie schaute sich ängstlich um
nach der nächstgelegenen Türe.

»Um Gottes willen!« entsetzten sich der Zwerge sieben, »Du bist? Die Kämme sind nämlich vergiftet!« »Ach«, beruhigte Schneewittchen,
»ich will sie ja nicht essen.«

»Naja, wir meinen ja nur«, kopfschüttelten der Zwerge sieben, »es ist auch anderes vorgekommen in der

Weltliteratur.« Und sie strauchelten eilends davon.
Am Abend jedoch, als der Zwerge sieben von ihrer Arbeit nach Hause kehrten, Schneewittchen hingegen nicht übers Dach segelte, vermuteten sie das Schlimmste. Sie gingen hinein, und richtig: auf ihren Betten ruhte Schneewittchen wie im Schlaf.
Da wußten sie,
daß sie tot sein würde,
und ihnen schwante wohl, daß sie durch einen Kamm zum Tode gekommen war, und sie suchten nach einem solchen an ihrem ganzen Körper.
Allein, im dichten, schönen Haar Schneewittchens konnten sie ihn nirgends entdecken, und so mußten sie schließlich erschöpft aufgeben und legten sich still und traurig zwischen ihre Knöpfe auf den Boden
und schliefen ein.
Draußen in der Nähe irgendwo stand ein Rehbock,
als sei er zu spät gekommen.

Als freilich nach mehreren Wochen das in ihren Betten erschlaffte Schneewittchen immer noch dalag und sich nicht rührte,
da wußten sie gleich,
daß ihr Schneewittchen

nur zum Schein
tot sein konnte,
und suchten erneut
ob eines Kammes habhaft an ihr zu werden
und konnten dennoch niemals und nirgends
einen aufstöbern.
Und so suchen der Zwerge sieben
und hoffen noch heute,
daß ihnen die Haushälterin möge erhalten bleiben,
und wenn die nicht gestorben ist,
dann ist sie noch heute scheintot
und bleibt es vielleicht bis an ihr Lebensende.

Die umsichtige Else
oder
Else wird sich nochmal umschaun

Es war einmal eine Else, die machte ihrem Namen so viel Ehre, daß alle von ihr sagten, sie sei unsere kluge.
Wörtlich sagten sie:
Was wir für eine kluge Else hätten!
Wenn sie die Else nur zum Fenster heraus die Leute grüßen sahen, riefen auch diese entzückt zurück:
»Was haben wir für eine kluge Else!«
Wie's nun die Leute oft genug gesagt hatten, sprach eines Tages der Vater, der erwachsen war:
»Wir wollen heiraten!«
»Tja«, sagte die Mutter,
»wenn nur einer käme,
der mich nähme!«
Als einer kam, hieß er Hans.
Er nahm Elses Mutter und der Vater guckte.
Als es ans Kind ging, sollte es aber die Else bekommen, da die Mutter zu alt und schon dadurch des Kindes leibliche Großmutter wäre, und das hatte es in der Geschichte der Gynäkologie noch nie gegeben: Immer war bis dato die Mutter auch die Mutter. Also mußte

die Else her, damit die Mutter die richtige Großmutter wäre. Als die Else das hörte, schluchzte sie krampfhaft und sagte:
»Aber was ist mit der Kreuzhacke?«
»Was für eine Kreuzhacke?« herrschte der Hans sie an, der mit ihr unwirsch war, weil sie in die Ehe gebracht wurde.
»Drunten hängt eine an der Wand«, gestand die Else, »die haben die Gipser im Mauerwerk vergessen, und wenn wir ein Kind haben, erschlägt sie's vielleicht!«
»Das ist wohl ein Einwand!« gab der Hans zu. »Dann wollen wir's mit dem Kind nochmal durchüberlegen!«
Aber sie hatten schon nicht aufgepaßt,
und da war's.
Und der Hans konnte nur noch mit allen sagen:
»Was haben wir für eine kluge Else«,
aber sich nach der Klugheit richten, das konnte er nicht mehr, und so blieb ihnen nur, zu sitzen und zu heulen über den grauenvollen Tod mit der Kreuzhacke. Über den schrieen und schrieen sie sich die Augen aus.

Kurzum wurde das Kind alt.
Und war wohl reif fürs Bier.

Und wurde also zum Zapfen geschickt in den Keller. Da fiel allen plötzlich die Kreuzhacke ein, an die sie dauernd gedacht, und die über dem Bier und nun wohl über dem Kind schwebte, und die sie oft schluchzend und erwartungsgram im Keller begafft hatten. Sie liefen alle hurtig dem Kind nach und standen, während das Kind zapfte, im Türbogen.
Und wie sie noch so unglaublich standen,
löste sich allmählich von der Feuchtigkeit die Hacke, denn sie hatten unter ihr stets gehörig geweint. »Schau mal, schau mal!« wiederholte die Else, indem sie den Hans und die Mutter, den Vater und den Hausknecht am Ärmel zupfte – jedem an seinem eigenen natürlich –, denn es dauerte noch einige Zeit, bis die Hacke richtig abstürzte. Und dann sagte die Else noch:
»Und das Kind steht direkt darunter!«
»Welch Zufall!« sagte jetzt auch der Hans.
Und als das Kind nach der ganzen Prozedur so erschlagen dalag, da ward die Else ganz fassungslos, und sie konnte nur noch hervorbringen, sie hätte es gewußt.
Und so war es auch gemeint.

Der vertrackte Wolf
oder
Der wölfische Trick

Sieben Geißer sahen den Wolf und nahmen Reißaus. Das eine versteckte sich unter einem Teller, das zweite auf einem Stuhl, das dritte in einer Tasse, eins unter dem Messer und welche neben der Gabel. »Habt keine Angst«, hämte der Wolf durch den Raum, »seht her, ich habe schöne Wackersteine bei mir, die will ich wohl fressen statt euer.« Und er tat, wie er sich geheißen, denn er dachte beiseite, so daß die Geißelchen es nicht hören konnten: »Wenn die Alte kommt und ihre Jungen sieht und mich dazu, wird sie munter denken: der muß die Kleinen gefressen haben, und ihre Jungen hält sie für Wackersteine, und da wird sie mir den Bauch aufschneiden und sie eintauschen gegen das Geröll.« Und sogestalt setzte er sich neben die
Geißerchen
und harrte der Mutter,
die da kommen sollte.
Als sie kam,
sah sie keine Bescherung
und sagte dem Wolf rundheraus auf den Kopf:

»Na, da spar' ich mir ja sogar Nadel und Faden!«
Und der Wolf hatte das Nachsehen von seinem langen Federlesen. Und das tut er noch heute, und weil er nicht über sich springen kann, leben die Geißer fernerhin und pusten ihm kräftig zwischen die Pfuhle, damit der Wolf dauernd von neuem die Federn zu lesen anfangen muß.

Schneewittchens letzter Kamm
oder
Der letzte Kampf des Königssohns

Es waren einmal sieben einzelne Zwerge.
Die lebten zusammen hinter dem siebten von sieben verschiedenen Bergen und fanden zu ihrem Unglück an einem Tag auf ihren Betten ihre Haushälterin wie tot ausgebreitet.
Und das nun schon
seit vielen Wochen.
Sie war menschlichen Wuchses
und von ihren Ahnen
deshalb kurzerhand
Schneewittchen
getauft worden.
Ansonsten freilich machte sie einen lauteren Eindruck.
Bis zu jenem Abend. Dabei hatten die Zwerge über den Bergen sie so gewarnt, daß Marktschreierinnen mit vergifteten Kämmen herumliefen. Und seit sie sie so stumm gefunden, suchten sie sie nahezu pausenlos nach solchen ab, machten aber gerade Kämme an ihrem ganzen Körper nicht aus. So ließen sie sie auf den Betten aufgebahrt, weil Schneewittchen auch im Tode

noch gar so schön dreinschaute und sich überhaupt
um Verwesung
nicht zu scheren schien.
»Vielleicht ist es ein menschlicher Zug«,
dachten die sieben Zwerge im Chor
und bedeckten Schneewittchens Gesicht
mit einer Glasschale,
damit es nicht verstaube.

Bald darauf allerdings hatten sie erneuten Grund, denn als sie sich eines Abends wieder nach Hause machten, sahen sie eben noch, wie ein menschlicher Jüngling von ihrem Dache stieg, den Schornstein verlegen zurechtrückte, und sich dann daran versuchte, ins Haus selbst zu zwängen. Die Zwerge ließen ihn
offenmundig
gewähren, denn er kam doch nicht weit und blieb mit der Hüfte im Türrahmen stecken. Von da wollten sie ihn gerade mit viel Hehe und Hoho zurückziehen, als ein Aufschrei ihr kleines Häuschen erbeben ließ, und mit einem Satz war der junge Mensch befreit: Er hatte Schneewittchen erblickt und sie so
erstorben
schön gefunden,

daß er gleich verlangte,
sie nochmal
und nochmal zu sehen,
ehe er sich selbst den Zwergen vorstellte
und erklärte, in Schneewittchen
endlich
verliebt zu sein.
Er bat alle händeringend, sie mitnehmen zu dürfen. Schließlich sei er Königssohn und würde sie gebührend aufbewahren. Wie die Zwerge den Königssohn so bettelweinend sahen, überkam sie ein Mitleid. Der Königssohn ließ auch gleich alle Vorbereitungen treffen, und am nächsten Tage schon fuhr er vor mit viel Hallo und einem vielspännigen Wagen und bettete vorsichtig Schneewittchen darauf.
Der Kutscher mußte aufsitzen,
und der Königssohn beabschiedete unter Tränen
über den Bergen
die Zwerge,
die sich abwendeten
voll Weh und Takt.
Wie er jedoch sich wieder zum Wagen kehrte und Schneewittchen schöner, als er sie je vorher empfunden, im Abendlicht dort schimmern sah, übermannte

ihn ein Gefühl, und er beugte sich zärtlich und trauernd über sie.
Der Kutscher wohl hatte sich
voll Achwas und Takt
zu den Zügeln abgedreht,
gab den Pferden die Peitsche,
und in dem Moment, in dem der Königssohn gerade
– was er nicht,
schon aus Pietät nicht,
hätte tun sollen –
zu küssen anhub,
tat es beim Anfahren einen deftigen Ruck,
und Schneewittchen schnalzte hoch,
und im Nu war es dem Königssohn,
wie wenn sie einen Kamm ausgespieen
und ihm direkt in den offenen und zum Küssen hingehaltnen Mund gespeuzt hätte. Weiter kam er nicht, denn sogleich fiel er tot zur Seite.
Schneewittchen immerhin, die aus unerklärlichem Grunde den Kamm der Schreierin wohl verspeist, sich aber von nun an nicht erklären konnte, wo er geblieben war, erwachte
und fand neben sich einen Königssohn,
und sie beugte sich über ihn

und beugte sich nochmals
und nochmals,
so schön fand sie ihn,
bis sie sich Hals über Hals
in ihn verliebt hatte.
Und da schickte sie zum Vater des Königssohnes, der auch König war, und der sich nichts erklären konnte, und ob sie den Sohn behalten dürfe. Und wenn sie nicht gestorben ist, dann sitzt sie noch heute vor ihrem scheintoten Möchtemann, und wird noch immer keinen Kamm mehr essen,
und wohl wäre es gut, wenn sie's täte,
denn es würde sie ihm vielleicht näher bringen.

Der Froschkönigsglaube
oder
Des Königs Froschglaube

Es war, wie bei den meisten Märchen, einmal,
nur einmal,
ein verwunschener Frosch.

Der lebte im Wasser im Brunnen im Hofe eines prächtigen Schlosses. Eines Tages fand er auf dem Wasserbrunnenboden, dicht über dem Schlamm, zwischen Wasserpest und Tanggestrüpp, helleuchtend, etwas wie eine gülden strahlende Kugel, von der er sicher und arglos meinte, die gehöre der schnellen Prinzessin. Und wie er das meinte, beschloß er sofort, ihr die Kugel zurückzugeben, merkte jedoch ebensofort, daß er sie alleine nur in der Schwerefastlosigkeit des Wassers würde bewegen können und niemals darüber hinaus an der Luft, denn güldene Kugeln, sagte er sich, pflegen nicht bloß schwer zu sein, sie wirken ja auch schwer durch ihr Gewicht!

Also machte er sich auf, der Prinzessin beim Herumschauen aufzulauern und ihr von seinem Fund und seinem Willen zu berichten. Bald entdeckte er sie auch und quakte, er hätte ihre Kugel gefunden. »Was für

eine Kugel?« wollte die Prinzessin wissen, aber der Frosch rannte bereits vor der Prinzessin her und murmelte ihr im Eilen etwas von einem Vorschlag und mit seinen Hintertatzen (er gebrauchte immer das Wort ›Hintertatzen‹, einfach, um etwas gefährlicher zu wirken) und die Kugel in Schwung versetzen und durch das Wasser und über die Wasserfläche hinaus und kurzum:
die Prinzessin könne sie bequem auffangen.
»Was denn was?« fragte die Prinzessin, die nur in Ausschnitten verstanden hatte. Aber da waren sie schon am Brunnen angelangt, und wie sie schon am Brunnen angelangt waren, war der Frosch auch schon getaucht. Am Brunnen sein und Tauchen war gewissermaßen einerlei.
Und die Prinzessin war's zufrieden,
denn sie wußte ja gar nicht,
was er wollte.
Und als sie noch so gar nicht wußte, was er wollte mit seinem Murmeln und mit seinem Tauchen, da schoß aus dem Wasser das,
was Kugel war,
und ihr direkt auf den Kopf.
Und es platschte und verformte sich und spritzte nach

allen Seiten und paßte sich ihrer eigenwilligen Kopfform an. Dann strömte der Prinzessin irgend etwas über Stirn und Dekolleté bis hin zu den Schuhspitzen. Die vermeintliche Kugel nämlich war nichts weiter als ein Algenklumpen gewesen, auf den neulich ein großer, goldfarbener Tropfen beim Streichen des königlichen Brunnengeländers gefallen war, und er hatte sich günstig auf ihm verteilt. Und was der Frosch in den Prismenblitzen des Wassers sah, hatte er ganz einfach mit dem königlich-goldenen Spielzeug verwechselt.

»Au«,

sagte die Prinzessin, und der Frosch, der rasch darauf hinterhergeschossen kam und alles bemerkte, wollte sich mehrmals entschuldigen ob seines Irrtums, doch die Prinzessin war schon ziemlich verletzt,

und zwar persönlich,

und wollte nichts mehr wissen,

sagte allerdings wörtlich:

»Ich will nichts mehr hören!«

und hub an, zurück ins Schloß zu eilen.

Der Frosch indessen, dem die ganze Sache außerordentlich peinlich war, wollte doch mindestens seine Entschuldigung vorbringen und gehört und vor allem angenommen wissen und eilte daher hinter ihr drein

und entschuldigte sich immer wieder unterm Eilen, hatte aber zu keiner Zeit den Eindruck, sie würde ihn völlig verstanden haben, bis sie beide,
er entschuldigend,
sie mit dem beständig und gleichzeitig vorgebrachten Satz, sie wolle nichts mehr hören, am Schlosse und schließlich im Speisesaal angelangt waren.
Es hätte genügt,
wenn die Prinzessin
auf des Frosches Entschuldigungen
einmal gesagt hätte:
»Bitte sehr!«
So wiederum wäre der Frosch es zufrieden gewesen.
Sie aber sagte nur unentwegt, sie wolle nichts mehr hören, und der Frosch bezog dies auch auf seine Entschuldigungen, was es ihm um so unangenehmer machte. Und er suchte ihren Blick, um ihr ins Gesicht zu sagen:
»Entschuldigung!«,
damit sie auch wirklich unmißverständlich sah, welche Worte seine Lippen bewegten und nicht meinte, er wolle irgend etwas Beliebiges, wo er doch nur
›Entschuldigung‹
wollte, und wenn sie dann zu trinken ansetzte, saß er

absichtlich schon neben dem Becher und bemühte sich, ihr in die Augen zu sehen und murmelte:
»Entschuldigung«,
und wenn sie zu essen Anstalten machte, saß er bereits ausdrücklich an ihrer Gabel, starrte sie an und murmelte sein
»Entschuldigung«,
und so immer weiter. Doch die Prinzessin sagte jedesmal nur, sie wolle nichts mehr hören, statt einmal zu sagen:
»Bitte sehr«,
worauf der Frosch so unumstößlich wartete.
Und ihr Vater, der König, saß bei alledem dabei und sah ihr nur väterlich und erzieherisch ins Gesicht und bedeutete, alles so zu tun, wie es seine Ordnung hatte.
Als jedoch die Prinzessin zum Schlafen sich begab
und auf das Bett zuging,
auf dem schon
der Frosch
saß und murmelte,
raste sie zurück und hinein in den Speisesaal, in dem noch der Vater hauste, und sagte mit bedeuterischer Geste nach hinten:
»Bitte sehr!«

Aber der Frosch konnte es
gar nicht hören,
weil die Schatten in Schlössern lang sind,
und die Prinzessin zudem die Schlafgemachstür
kochend hinter sich zugeworfen hatte.
Der Vater sagte nur:
»Was du versprochen hast, das mußt du auch halten«.
Da trabte die Prinzessin zurück und ihr königlicher Gehorsam hieß ihr, daß sie nichts machen könne, und sie legte sich voll Wut und Trotz neben den wartenden und heischenden Frosch, und wie er wieder anhub, fauchte sie nur, so daß es der vielleicht hinter der Tapete lauschende Vater nicht zu hören vermöchte,
sie wolle nichts mehr! . . .

Am nächsten Morgen allerdings traute sie sich, und sie fragte den Vater in aller Form ob seines erzieherischen Willens, und warum er sie dies hätte ertragen lassen.
Da wunderte sich der Vater und fragte zurück:
»Ja ist denn gar nichts geschehen?«
»Ja ist denn?«
wiederholte die Prinzessin,
und der Vater fuhr fort:

»Ich dachte, es wäre der Froschkönig??!«
»Nein«, sagte da die Prinzessin,
»er wollte sich nur entschuldigen.«

Wer bin ich?
oder
Eine typische Fußbewegung

Es war einmal ein Müller, der war schön.
Aber dafür hatte er eine schieche Tochter,
die war arm.
Obwohl sie im selben Hause wohnte.
Zufällig traf es sich, daß der König eintraf, damit er einmal untertänigst ein Wort mit ihm plaudern und volksnah sein könne. Und um nun nicht gar so blöd beim König dazustehn, sagte der Müller:
»Meine Tochter spinnt!«
»Nun, das wohlgefällt mir«,
sagte der König, »und warum?«
»Weil sie Gold liebt und das Stroh ihr mißfällig ist«,
sagte der Müller, »so spinnt sie Stroh zu Gold.«
»Will ich auch haben«,
sagte der König. Und führte sie ab auf sein Schloß und auf eine Probe. Da saß nun des Müllers Tochter voll Stroh und wußte gar nicht, was sie damit sollte, denn ihr Vater hatte übertrieben.
»Mach' Gold davon, sonst machst du tot!«
sagte der König, der zum Poetischen neigte.

Drauf schloß er die Kammer und blieb selbst draußen. Und dies tat er drei Tage lang. Drinnen aber ward des Müllers Tochter voll Tränen, denn sie wußte nicht, wie sie Gold spinnen sollte, hatte sie doch immer nur für sich gesponnen. Und wie sie noch so übers Spinnen philosophierte, schoß ein Männchen durch die Tür und fragte sie ob des Weinens. Und bot ihr an, für sie zu tun,
warob sie traurig war.
Und dies tat er drei Tage lang.
Und am ersten gab sie ihm einen Kuß dafür.
Und am zweiten gab sie ihm keinen.
Am dritten Tag aber hatte sie nichts mehr,
was sie ihm geben konnte,
und so bot sie ihm ihr erstes Kind, mit dem sie sich als Königin gebärden wollte. Da nickte er und spann für sie.
Und dies tat er die drei Tage lang.
Und der König war begeistert und heiratete die goldige Müllerin vom Fleck weg, und plötzlich ward sie kindisch und bettete sich in die Woche.
Da kam das Männchen wieder
und wollte haben, was es wollte.
»Gib mir das Kind«,

sagte es wörtlich,
»sonst mach' ich Gold aus ihm!«
»Einverstanden!«
sagte der König,
aber die Müllerin heulte, und das Männchen neigte mehr ihr zu und hatte Bedauern. »Wenn du errätst, wie mein Name ist, in drei Tagen, so behältst du's«, verhandelte das Männchen.
Nun dachte die Königin aber nach, und am andern Tag, als das Männchen kam und wissen wollte, wie es hieß, besann sie sich auf das, was sie nachgedacht hatte:
»Heißest du Hans?« fragte sie ihn,
»oder Mieselprim?
Intveen, Kapsel oder Bert?
Levedag, Leußler oder Reige,
Reym, Blödmann oder Fritze?
Zwuckel, Zwack, Zoras,
Sabbel, Serge, Dowidat?
Dove, Gymnich, Orange Pekoe
oder auch Martin?«
Das Männchen verneinte stets artig und tat's am andern Tag genauso. Am dritten Tag aber kam ein Bote des Wegs und erzählte ihr, er hätte ein kleines Haus

mit einem Männchen davor gesehen, das spränge mit
den Beinen umher und hätte geschrien:
»Heute pack' ich mich, morgen trau' ich mich.«
und:
»Übermorgen hol' ich der Königin Fratz.«
und:
»Ach, wie gut, daß niemand weiß . . .«
und da wäre er schnell zu ihr gelaufen,
noch bevor das Männchen ausgeschrien hätte,
um es ihr brühwarm zu erzählen.
Da könnt ihr denken, wie die Königin froh ward, und
als hernach das Männchen erschien, fragte sie:
»Heißest du etwa Kunz?«
»Das hat dir der Teufel gesagt«,
schrie da das Männchen
und stampfte in den Boden,
und erst,
als es halb zerrissen vor Wut dalag,
da fiel es ihm auf,
daß es Kunz ja gar nicht geheißen hatte.

Großmutters wölfischer Witz
oder
Mit welchen Augen seh' ich besser?

Als das, was sich Rotkäppe nannte,
mit ihrem Notkoffer zur Oma kam,
und ihn öffnete,
sprangen nicht Kuchen und Wein heraus, sondern lag drin beschaulich der Wolf, ließ sich abgleiten und setzte sich der Großmutter auf die Brust. Doch in ihren spiegelnden Brillengläsern, die es damals noch gar nicht gab – keine entspiegelten und auch nicht Brillen –, also hatte Großmutter auch keine auf. Und in dieser Brille sah sich der Wolf und frug die Großmutter, während er sich noch so betrachtete:
»Ei, Großmutter, was hab' ich für große Ohren?«
Und Oma antwortete unerschrocken:
»Damit du sie besser sehen kannst!«
»Was hab' ich für große Augen?«
»Damit du dich besser sehen kannst.«
»Was hab' ich für ein entsetzlich großes Maul?«
»Damit du besser aussehen kannst!«
Worauf der Wolf reuig den Schwanz einlegte und schlechtweg blubberte:

»Was soll ich da mit einer Großmutter?
Mich find' ich zum Fressen!«

Wann klingelt Dornröschen
oder
Der Wecker müßte mal hochkommen

Es waren einmal hundert Jahre um
und die Uhren noch nicht erfunden.
Dafür hatte man's im Gefühl.
Die Rosen blühten, als hätten sie immer geblüht,
das Fett brutzelte in der Pfanne,
als hätte es dort immer schon Blasen geschlagen,
und die Irdischen lebten vor sich hin,
als würden sie noch immer leben
und immer weiter.
Wie alles auf die Ewigkeit hin angelegt ist,
was morgen meist bereits zu Ende geht.
So schlief auch ein Röschen namens Dorn vor sich hin, als hätte sie hundert Jahre zum Leben noch übrig. Und jedesmal, wenn sie die Lider hob, um in den Morgen oder den Abend zu singen, blickte sie auf ihre innere Uhr und sagte: »Ach, ich hab' ja noch was.« Dann schlief sie weiter, weil sie sich einfach bestimmt fühlte, eine bestimmte Zeit zu schlafen. Wie andere ins Bett gehen und zehn Stunden nicken wollen und nach neun aufwachen und sich todmüde fühlen, weil sie ihr

Soll nicht erfüllt haben, so fühlte sich auch Rose Dorn einfach unausgeschlafen, bevor sie nicht mindestens hundert Jahre geruht.
Als sie nun ihre hundert Jahre vor sich hingetrielt hatte, rieb sie sich die Augen, denn sie wußte wohl, was nun kommen sollte. Jedoch: solange sie auch rieb, kam gerade nicht, was sie wußte. Und sie rieb und rieb. Und es kam immer noch nichts, und er auch nicht. Worauf Rose erbost im Schlaf rief: »Ihr Scheißprinzen, wenn mich nicht bald einer weckt, verschlaf' ich halt.« Wie etwa: ›Wenn der Wecker nicht klingelt, brauch' ich auch nicht aufzustehn.‹

Damals war die Uhr im Menschen geboren,
die aufziehbare, die außermenschliche Uhr,
die technische.
Denn Technik zeichnet sich nicht dadurch aus,
daß sie alles kann,
sondern daß wir nichts mehr wollen.
Des Menschen Verläßlichkeit
und sein Verlassen ist so groß,
wie sein Verlassen auf die Technik
und die Verläßlichkeit dieser.

Und so hatte ihr Schlaf doch eine späte Moral.

Rumpelstilz
oder
Im Überrumplungsstil

Es war einmal ein Müller, der hatte Arme.

Tja, Literatur ist manchmal sehr kurz.

Der älteste Mitbürger
oder
Alt wird man schneller, als man alt wird

Erst als die Dornrose,
Rosemarie Dornrose,
ihren hundertfünfzehnten Geburtstag feierte
und vom Bürgermeister und vom Stadtrat
zu der Fülle ihres Lebens
beglückwünscht wurde
und das Fernsehen und auch der Rundfunk
sie – nicht persönlich, aber – durch seine Vertreter
befragte,
was das wohl für ein Gefühl sei,
auf ein so langes Leben
nach hinten
zu blicken,
dämmerte ihr,
daß es umgegangen sei wie im Schlaf,
ohne sich einzugestehen,
daß sie es verpennt hatte.

Endlich
oder
Der Rest ist Schönheit

»Na«, schwang sich die giftige Königin,
die schon alle mit ihrer Besessenheit außer Landes getrieben hatte, so daß sie selbst die einzige in diesem Lande war
und damit die Schönste,
»na«, schwang sie sich vor den Spiegel,
»wer ist die Schönste im ganzen Land?«
»Frau Königin«, antwortete er brav,
»Ihr seid die Schönste im Land,
aber tausendmal schöner bin ich an der Wand!«
Da war die Königin ganz farbig vor Neid, und sie irrte ihr Leben lang unschön-rastlos umher, denn den Spiegel umbringen, das brachte sie nicht übers Glas.
Wen hätte sie sonst befragen sollen?
Und die Schönste im Land wollte sie zwar sein,
aber aussehen wie ein Spiegel,
das wollte sie auch nicht.

In jedem Wolf steckt eine Mutter
oder
Umgekehrt geht's auch

Es war eine Mutter,
die hatte sieben Geißlein.
Daran merkte sie,
daß sie selbst eine war,
und sprach:
»Da ich nun wohl eure Mutter und eure Geiß bin, laßt mich einmal hinaus und paßt auf den Wolf auf, der verstellt sich und frißt euch!«
»Oh«,
sagten die Kinder,
»wir wollen uns schon in acht nehmen,
obwohl wir nur sieben sind.«
Da meckerte die Alte von dannen und drehte gleich noch einmal um, weil sie des Geldes vergeßlich war.
»Macht auf, liebe Kinderlein, eure liebe Mutter ist da und hat euch etwas vergessen!«
Aber die Geißer hörten die feine und holdselige Stimme und schrien: »Du hast eine helle Stimme, du bist unsere Mutter nicht.«
Da mochte die Mutter pochen, wie sie wollte, und

überlegte sich gefälligst, was ein Wolf an ihrer Stelle gemacht, und sie ging und kaufte ein Stück Kreide und fraß es, kam zurück, sprach's und hätte auch ihre Kinder betölpert, wenn sie nicht ihre Pfote ins Fenster gelegt hätte.

Wie die Kinder das sahen, riefen sie entsetzt: »Du hast gar keinen schwarzen Fuß wie der Wolf. Du bist nicht unsere Mutter. Wir machen nicht auf.«

Was wollte die Mutter anstellen? Sie ging zum Bäcker, ließ sich mit Teig und Mehl die weiße Pfote hellbakken, und auf diesem Brot rutschte sie heim.

Indessen sturten die Kleinen noch immer und brüllten: »Wir lassen dich nicht ein. Du hast Hörner wie der Wolf. Du bist die Mutter nicht.«

»Aber der Wolf hat doch gar keine Hörner!«

»Das sagt der Wolf auch immer«,
riefen die Küken.
Und kochend vor Zorn
rannte die Mutter die Tür durch,
die gar niemand zugehalten hatte,
und sie schlug vor lauter Rand und Band
ihre sieben Kinder
– und den Uhrkasten obendrein,
falls noch ein achtes darin gewesen wäre –

so tot,
wie sie töter der Wolf
nicht hätte fressen können.
Und siehe da,
die Welt geht auch ohne das Böse.
Oder das, was dafür gehalten wird.

Die spinnerte Müllerin
oder
Keine Angst vor Spinnen

Es war einmal ein Müller, der war einmal
und hatte eine Tochter.
Da kam der König und sagte, er wäre die Mutter.
»Du bist doch König«, sagte der Müller.
»Dann ist es nicht möglich«,
sagte der König, »dann nehm' ich sie so mit.
Und was kann sie?«
»Sie spinnt«, sagte der Vater.
»Was??«
»Gold vom Stroh, was gibt's da zu keifen?«
ließ der Vater fallen.
»Dann nehm' ich zwei von ihr«, sagte der König.
»Wie wollt' ich das machen?« fragte der Müller.
»Ihr könnt sie doch nachbestellen«, sagte der König.
»Das ist doch was ganz anderes«,
verstand der Müller überhaupt nicht,
und da gab es auch nichts zu verstehen.
Im Schlosse setzte der König die Kleine ins Stroh und hieß ihr, es zu spinnen, wie es ihr Vater behauptet hatte, sonst müßte sie des Todes sterben. »Ach«, klagte

die Kleine, »nehmt doch den Ring an meinem Finger oder ähnliches oder laßt mich frei.« »Nein!« schalt der König,

»etwas Totes ist mir lieber

als alle Schätze der Welt im Haus.« Und bevor er zuschloß, entwich er. Als er aber schon beim nächsten Sonnenstrahl in die Kammer zur Kleinen sprang, ward alles Stroh von Gold anzuschaun.

»Das hat dir der Teufel getan«,

schrie der König und stampfte in den Boden und zerriß sich im Leibe, indem er sich am rechten Fuß packte und sein Haar wühlte. Und als die Kleine auch noch fragte:

»Heißest du etwa Rumpelstilzchen?«,

da verriß es ihn vollends.

Froschsein
oder
Froschbleiben

Der König der Tiere,
der Froschkönig,
saß am Ufer des Brunnens
und hatte gerade ein paar Kisten
mit Beziehung hinter sich
und hegte auch sonst viele Zweifel,
und zwar selbst,
indem er die Sätze sprach:
Ich muß auch mal zu mir finden.
Ich brauch' mal Zeit für mich allein.
Ich will auch mal ganz für mich sein.
Man muß mich eben
um meiner selbst willen akzeptieren . . .,
als eine
Prinzessin ausgestreckter Hand die Lippen stürzte
und auf ihn zuströmte.
»Bitte, nein, nein«,
stöhnte der Froschkönig,
»nicht, bitte, nicht an die Wand.
Ich will so bleiben, wie ich bin!«

Hans kann man lernen
oder
Glück läßt sich nicht tauschen

Hänschen war über die Maßen im Glück, daß er seinen Klumpen Gold, den er aus den Lehrjahren erhalten und an dem er sich buckelig getragen, so günstig eingetauscht hatte in ein aufrechtes Pferd, dieses widrige Pferd dann in eine melkbare Kuh, die in ein Dreck nicht scheuendes Schwein, in eine Schmalzbrot verweigernde Gans und zwei alte Scherenschleifsteine, die ihn, endlich in den Brunnen fallend, von jeglicher Last befreiten. Doch hatte man ihm Einfalt vorgeworfen und ihn gescholten, er könne die Werte nicht auseinanderhalten. Was er denn dann gelernt hätte für diese Gesellschaft?

Bald aber kam die Kunde
vom unbewußten Seelenleben,
die besagt, daß Hirne, egal von wem, zu und ab bestimmten Zeiten und Grenzen ab und zu nicht mehr aufnahmefähig sind. Und die Kunde machte deutlich, daß man deshalb übergehen müsse zu einem Aufteilen des Lernpensums auf verschiedene,

voneinander unabhängige Personen.
Und es wurde ein Mann bekannt, der bis heute in den Köpfen herumwittert, weil sein Name in diesem Zusammenhang zum Sprichwort geworden war:
Es war Hans Nimmermehr.
Der berühmte Hans Nimmermehr,
der zum Zuge kam, weil er das lernte, was Hänschen im Glück nicht mehr lernen wollte, was Hänschen im Glück nicht mehr einging. Jeder kannte bald dieses Gespann, das durch Zufall denselben Vornamen trug, jeder hatte bald auf den Lippen:
›Was Hänschen nicht lernt, lernt Hans Nimmermehr.‹
Man hätte auch einfach sagen können: Hans.
Also:
›Was Hänschen nicht lernt, lernt eben Hans.‹
Oder Klaus-Dieter.
Oder Friedhelm:
›Was Hänschen nicht lernt, lernt eben Friedhelm.‹
Aber Hans war schneller, wie Amundsen schneller am Südpol war, und da es viele Hänse gibt, sagte man den Nachnamen rasch dazu,
und fertig war das Sprichwort.

Und dieser Hans Nimmermehr hatte seinerseits sehr schnell begriffen, daß man sein Hab und Gut nicht wie Hänschen schrittweise mit immer geringeren Werten vertauschen soll, und als er bei einem Lehrmeister durch die Jahre gegangen war und auch einen Batzen Gold bekam, da achtete er peinlich darauf, keinem Pferdetreiber oder Kuhhüter oder Schweinewirt unter die Fuchtel zu laufen, um ja nicht mal in Versuchung zu kommen, sondern suchte beharrlich, auf daß er ohne Umschweife gleich an einen Schleifer geräte, um mit ihm dessen zwei Scherensteine
gegen sein Gold
direkt
zu tauschen.

Wie eine Rose?
oder
Eine Rose?

Es waren mal Hunderte und Tausende von Rosen,
und sie schützten eine,
die wie eine Dornrose ausschaute.
Sie war so genannt, weil sie einen Dorn an ihrem Stengel trug, oder waren es der Dornen mehr?
Auf jeden Fall blühte sie im Verborgenen,
das heißt,
sie wußte nicht,
wie ihr blühte.
Und in die verliebte sich ein Prinz, in diese Rosengleiche, obwohl er sie noch nie gesehen hatte, weil alles,
was sehr schön ist,
wird von Menschen nie erblickt.
Von den Menschen.
Denn welcher Mensch könnte sagen,
dies oder das ist so schön,
daß es alle Menschen gleichermaßen schön finden.
Und es also schön
ist.
Wie alle aber von etwas sagen können,

dies oder das
ist
ein Haus,
oder dies oder das
ist
kalt.
Also ist ›schön‹ kein Sein,
sondern eine Denkbarkeit,
ein Kann-Sein.
Und also konnten nicht alle sagen,
Dornröschen sei schön,
sondern sie war denkbar schön,
sie konnte schön sein.
Und wenn schon niemand sicher sagen konnte, sie war schön, konnte auch der Prinz nicht sicher sagen, sie war schön, und trotzdem verliebte er sich in sie, wie sich Goethe einstmals in einen Scherenschnitt verliebt hatte.
Und er hechtete durch die anderen Rosen und zerkratzte sich an ihnen und sich das Gesicht. Und nahm Unbill auf sich. Und stand endlich vor seiner Dornrose.
Aber wie enttäuscht war er,
als es wirklich eine Rose war.
Er hatte immer gehört,

sie sei schön wie eine Dornrose,
und nun stand die Dornrose persönlich vor ihm.
Welche Herbheit, welche Entzauberung.
Was sollte er mit einer Rose?
Und was erst hätte er angefangen mit einer,
die wie eine Dornrose ausschaut?

Die traumatisch-hypothetische Wirklichkeit bei Dornröschen
oder
Ihrer Erzählung

Wir kommen heute
zum populär-dominanten, wissenschaftsästhetischen Mysterium der Erholung, Regeneration und Neukräftung von Physe und Psyche im rekonvaleszierenden und korrespondierenden Sinn, von dem sich das menschliche Bewußtsein nur über den Umweg der Säkularisierung dessen Klarheit zu verschaffen in der Lage ist, das heißt der Mensch vermag diesen Zustand nur über den für diesen Themenkomplex genormten Begriff des Entzuges zu erfahren und zu definieren.
Wir sprechen
von dem möglichen Status menschlichen Daseins, den man sich im Jargon aus den Augen reibt, oder in dem man nicht daran denkt, oder aber in dem es ein Höherer den Seinen gibt. Der Volksmund redet auch schlicht oft vom sogenannten
Schlaf.

Dieser umgangssprachliche Schlaf geht bis zurück in die Neuzeit und hat als tägliche Daseinsverweigerung in der humanen Zeitgeschichte seinen naturwissenschaftlichen Kulminations- und zugleich Embryonalpunkt
im Bericht von der
100jährigen Absenz
eines Kindweibes erfahren.
Diesem brachte zwar der menschliche Corpus von je ein gewisses gähnendes Interesse entgegen. Allerdings ist das für den gegenwartsinternen, staubgeborenen und nonbiblischen Daseinsträger unvorstellbar langgezogene Nickerchen dessen, was als Dornröschen in die Märchengeschichte einging, um so unfaßlicher, als es heißt, man hatte erhebliche Mühe, Dornröschen in diesen hundert Jahren wachzubekommen, und das heißt, daß man hundert Jahre lang mehrfach und eindringlich, gewissermaßen schlafdestruktiv, das Projekt ›Wecken‹ ergebnislos vorantrieb. Für jetzige Maßstäbe unvorstellbar, denn ein Mensch, der heute durchschläft,
schläft durch,
weil er nicht geweckt wird.
Also konnte – ziehen wir den wirklichkeitsfernen Cha-

rakter farbiger Märchenwelt ab, Dornröschen nur deswegen nicht geweckt werden,
weil es gar nicht
geschlafen,
weil es tatsächlich
in diesen hundert Jahren
kein einziges Auge zugetan hat.
Es bleibt der bloße Wunsch Dornröschens nach Schlaf übrig, und eben der ist hier, wie die unwissende Menge verräterisch formuliert, die Mutter der Porzellankiste.

Nun wird ein Sturm der Entrüstung die bescheidene Frage erheben, wie es möglich ist, einen Wunsch, Grundlage keinweder handfesten Tatsache, jahrhundertelang als Märchen durch die Zeit zu jagen.
Die Antwort ist ebenso einfach wie denkbar:
Dies ist Kunst!

Es ist die Kunst derer von Grimm beispielsweise, wunschhafte Wirklichkeiten von Zeit- und Vorzeitgenossen gönnerhaft zu überhören und sie zu Platitüden – wie hier den Wunsch nach Schlaf zum bloßen Schlaf – zu degradieren.

Dem Schlaf sich nur wünschenden, historischen Dornröschen selbst war mit hoher Wahrscheinlichkeit ein langes Leben verwehrt: Denn Menschen leben nur dann länger, wenn sich ihre Gesamtschlafphase real ausdehnt. Wie wir medizinisch wissen, lebt ein Mensch, der die Gesamtheit mehrerer Einzeltage hintereinander ausschließlich zu wachen gezwungen wird, bei weitem nicht lange,
um nicht zu sagen,
er lebt kurz.
Was wiederum bekräftigt,
daß der Mensch
sein eigentliches Leben im Schlaf findet.
Nur,
wenn er schläft,
lebt er wirklich.
Ausnahmslos Schlafende
sind in der Reinheit der Formulierung
ausschließlich Lebende.
Und wenn die verpönte, weil floskelmachende Volksseele vom Schlaf als vom todähnlichen spricht, bedeutet dies nur, daß das eigentliche Leben
noch über den Schlaf hinaus
der Tod sei.

Und es bedeutet,
daß ein Mensch, der nicht tot sein wird,
nicht leben wird,
und es bedeutet,
daß Wesen, die dennoch leben ohne Aussicht auf
Tod oder Schlaf,
Sterbende sind
– sie sind im paradoxen Sinn des Wortes: tot.

Es ist ja auch bis heute weder natur- noch sekundärwissenschaftlich erwiesen, ob die, die sich seit Jahrhunderten eines langen Todes erfreuen, nicht im Grunde nur schlafen und ein herrliches Leben führen. Die Todessehnsucht schlafloser Lebensmüder stellt sich plötzlich dar als eine gesteigerte Sucht zu leben. Dazu im Gegensatz ist das historische Dornröschen als Todesaspirantin eine mit gespreizter Seele das Leben zum Tode Verkürzende, weil sie nicht schlafen will, und statt sich dem Leben im Schlaf hinzugeben, zieht sie eine hundertjährige, tote Lebensnummer ab.

So entwürdigend konnte das für die Nachwelt natürlich nicht stehen bleiben, und man hat Dornröschen verfälschend als Langschlafende, sprich Langlebende be-

schrieben und sie damit zur Personifizierung des blaublütigen Wunsches gemacht, das platte Volk nämlich gottgleich zu überdauern, als auch zur Personifizierung eines platt-völkischen Wunschs, die Blaublütigen über sich zu erheben, damit man zu ihnen aufschauen könne. Dazu mußten die wenigstens ein Merkmal haben, das sie untadelig vom Unadeligen unterschiede: Sie mußten denn länger leben.
Deshalb wünschte man ihnen vom Volk aus ein langes Leben, sprich, man wünschte ihnen den lebensverlängernden Schlaf, sprich, man wünschte sie sich tot.
So weit, so breit.
Im Grunde wäre dieser Wunsch Märchen genug gewesen.

Doch führen Grimms überdies den Prinz ein. Der soll als Ziel, auf das man hinschläft, den Schlummer plausibel, läßt ihn jedoch in unsrer Sicht um so irresoluter machen: es kommt ihm die Kunde von Dornröschen, die bloße Kunde! Und seine motorischen und chemischen Funktionsabläufe signalisieren ihm: Liebe!
Eine verträumte Zärtlichkeit stelle man anheim und vergegenwärtige sich den Zustand Dornröschens nach hundertjährigem Wachen, wenn man weiß, in welch

erbärmlich aufgeschrecktem, nervlich und zerebral überzogenem, unverwüstlich herumjohlendem, ungegenwärtigem, greinendem, nörgelndem, kreischendem und unerträglichem Zustand sich ein Mensch mit schon ein oder zwei Nächten Schlafentzug befindet. Der Wunsch, sie möchte statt dessen lieber hundert Jahre geruht haben, wird endlich verständlich, wenngleich er mindestens so unsinnig ist, wie die bisherige Erzählung. Denn der Umstand des Schlafes wäre ein autarker. Dornröschen würde nach hundert Jahren ohne verändernde Gegenwart überholt sein.

Die tragische Figur des Märchens war also
wohl nicht Dornröschen selbst,
sondern ihr Freier,
der sich entweder freiwillig mit einer grummelnden Hundertfünfzehnjährigen einließ und sich angesichts der Jugendfreiheit der Erzählung den Vorwurf der Ahnenschänderei gefallenlassen muß, wenn er auch noch so sehr gelitten haben mag unter einem anklingenden Großmutterkomplex, einem sogenannten ›Ödipus omi‹, oder er sehnte sich, kontrastiert mit dieser Alten deren Jungbild zurück, so wie sich andere vergangene Zeiten zurückwünschen, indem sie sich im technischen

Zeitalter plötzlich Mumie zu sein sehnen, um eine bessere Zeit unbeschadet zu erleben,
ohne zu bedenken,
daß vor ihnen millionenfach gleiche Menschen
das gleiche
sich für genau die Zeit wünschten,
in der sie nun leben.
Man fragt sich also, was soll's, Dornröschen?
Oder auch: Was soll Dornröschen?
Guten Abend.

Träume sind keine
oder
Ein Traum ist auch nicht rosig

Es war einmal ein Märchen,
das berichtet von einem Mädchen, das im Traum träumte, es würde hundert Jahre schlafen, das heißt leben – um zu schlafen, muß man leben – und durch einen Prinzen geweckt werden. Es war der ewige Wunsch, ewig zu sein, und nach einem langen Leben ins Leben abberufen zu werden.
Ideal.
Aber eben ein Märchen.
Doch im Traum wachte sie auf und träumte, sie hätte verschlafen und der Prinz wäre schon weg. Und sie hätte das Leben verpaßt.
Fatal.
Aber eben kein Märchen.
Und wie sie ganz aufwachte, da hatte sie tatsächlich verschlafen. Der Prinz war über alle Berge. Vom Leben keine Spur.
Banal.
Was nützt der beste Traum,
wenn er der Wirklichkeit entspricht?

Rotbäckchen der Reihe nach
oder
Ihren Grimm trägt die nicht unterm Arm

Es war einmal ein kleines, ausgegorenes Mädelchen,
das hatten alle lieb,
am wenigsten die Großmutter.
Die wußte gar nicht,
wie viel besser sie das Kind noch hassen könnte.
Nicht etwa, weil diese ihre Enkelin, und nicht etwa, weil sie dadurch die persönliche Großmutter, und gar nicht etwa, weil sie wegen dieser Bezeichnung schon sprachlich einfach auf einen Schlag älter geworden, und wirklich nicht, weil sie so dem Tode wieder mal näher war, denn nach Vater, Mutter und Großmutter, Großvater geht vielleicht gerade noch Urgroß-, danach kommt ja praktisch nicht mehr viel.
Nein,
dieses Bäckchen –
das war der Name des Görs, nämlich der Kose-, und man nannte sie derart für ihre Wangen, die immer rot anliefen und damit einen einnehmenden Blickfang boten, was im ganzen wohl ›Rotbäckchen‹ ergab, was im großen wohl zu umständlich war zum Sprechen, und

so wurde halt zu ›Bäckchen‹ verkürzt, oder, bei besonders gebotener Eile, auch mal zu ›Bäckelchen‹. In wütenden Fällen dann scharf: ›Backe!‹ Großmutter sagte nach ihrem Tod nur noch: »Au Backe!«

Nein,

dieses Bäckchen –

und zwar konnte sie diesen Namen nie selbst aussprechen, denn sie konnte die Reihenfolge nicht halten. In nichts, im großen nicht und nicht in einem einzigen Wort. Sie machte alles, aber nicht in der Reihenfolge, wie alles übrige um sie herum gleichfalls irgendwie nicht stringent war. Genauso konnte sie verhängnis- und verständnisvollerweise zum Beispiel auch nie die Konsonanten in der Folge halten und vertauschte sie immer im Wortablauf, weswegen sie von sich nur vom ›Rotkäbchen‹ sprach. Tragisch. Sowie sie stets auf ›Makmille‹ deutete, wenn sie Kamillblüten am Wegrand sah. Sowie sie nur von ›männlich‹ redete, wenn sie ›nämlich‹ meinte: »Die Blumen hab' ich männlich gepflückt.«,»Ich bin männlich ein Mädchen«, und jeder dachte, na, die fängt früh an. Tragisch. Schon als fast noch sprachloser Kinderwust, nicht Kleinkind, nicht Kind, hatte sie diesen Tick, wenn sie auf Vater und Mutter losstürzte und herausposaunte: »Dada«. Damals schon verwechselte sie die Konsonanten. Im Wort. Bloß in diesem ›Dada‹. Doch fiel es keinem auf, weil ›d‹ und ›d‹ gleich waren. Als es später allen auffiel, wurde Rotbäckchen schamrot darüber, und da sich zur damaligen Zeit in nahezu allen Wörtern Konsonanten befanden, konnte sie gar nimmermehr erbleichen. Deshalb Rotbäckchen. Deshalb Rotkäbchen. Tragisch. Eine Kappe trug sie mithin gar nicht. Obwohl sie so gerne eine gehabt hätte, denn sie sagte oft bettelnd: »Backe«, aber da antwortete man ihr dann: »Ja, das bist du!«, und wenn sie jammerte: »Backe, Backe!« hielt man ihr entgegen. »Jaja, davon hast du zwei. Schlaue Backe!« Tragisch.

Nein also,
um oben anzuknüpfen,
dieses Bäckchen
war Großmutters Schlußstrich.
Großmutter war von keinem Wolf gefressen
und trotzdem zur gleichen Zeit gestorben
und haßte deshalb Rotbacke,
je länger sie tot war.
Sie hatte gleich gemerkt,
daß irgendetwas nicht stimmte,
aber sie wußte erst im Tode,

was

:

Mit etwas Unglück hatte denn Backe an einem Tag das Haus verlassen, als bei der alten Dame schon ein Wolf eingegangen war und sich an ihr vernaschen wollte. Und da die Alte nicht mehr recht sah, obwohl sie die Augen aufriß, und kaum mehr hörte, obwohl sie die Ohren spannte, und da der Wolf im Menschlichen sprach, dachte sie sich, nun ja, es wird schon ein Wolf sein. Ich bin großmütterlicherseits auch nicht die Jüngste. So ist es ja nicht das erste Mal, daß sich zwei begegnen. Die Zeit ist denn kommen, der Wolf ist da. Der kam schnell zum Einen und beugte sich über sie. Ihn reizte das Große:

»Was hast du für große Ohren?« fragte er.

»Wieso denn?« stutzte die Großmutter.

»Du hast so große Augen.«

»Ach, hör doch uff!«

»Was hast du für einen riesigen Mund?«

»Derart kam mir noch keiner!«

»Ich könnte dich fressen!« raunzte der Wolf,
und Großmutter gellte:
»Ach, laß mich mit deiner Liebschaft,
bin ich doch wirklich zu alt dafür!«

Das war dem Wolf kaltes Wasser ins Getriebe. Es wirkte wie Sand auf die Mühlen seiner mahlenden Libido, und er verscheuchte sich jetzt.
Tragisch.
»Ich kann auch diese alten Weiber nicht mehr ab. Da beißt man sich die Zähne aus und hat nicht mal was fürs Gemüt«, jaulte er und verschwand noch bevor – tragisch – bevor jemand ins Haus trat, was Rotbacke sogleich tun sollte. Doch vorher kam der Jäger wie auf kein Stichwort. Tragisch.
Und nachher kam Rotbacke.
Nachher.
Tragisch.
Es ging alles so tragisch und so durcheinander, also so wenig stringent, und so schnell, daß nachher keiner mehr wußte, hatten sie sich gegenseitig
die Tür in die Hand gegeben,
oder war es so schnell gegangen,
daß sie sich gegenseitig
die Hand gegeben hatten.
Dabei wußte Großmutter immer, daß – was immer – etwas nicht stimmte, aber sie wußte nicht, was. Weil im Augenblick schon,
wie unerwartet, aber gesagt,

der Jäger kam. Und das stimmte nicht. Auch mit dem Wolf hatte irgend etwas nicht gestimmt. Jener Jäger hörte Großmutter schnarchen, wie sonst nur in ihren jungen Tagen, und war aber auch immer des Wolfes gewärtig, denn das war sein Beruf. Und tatsächlich, wie er die Tür aus der Hand gab, blickten ihm zwei übergroße Ohren entgegen:
»Find' ich dich endlich, du alter Lüster!«
schrie er ins Bett. Und dachte bei sich:
»Den täuschst du«, und säuselte:
»Ei, Großmutter, was hast du für ein großes Maul?«
»Da stimmt doch was nicht«, dachte die Großmutter.
»Und was für große Augen?«
»Pfusch' mir nicht ins Private«, kam es zurück.
»Ja, Großmutter,
was für eine entsetzliche, große Nase?«
Was sollte sie sagen. »Für den Rotz, mein Sohn!« Danach hätte der Wolf nie gefragt! Und wie sie gebannt auf weitere Fragen hörte, um herauszufinden, was nicht stimmte, schnitt ihr der Jäger unterdessen schon mit Schere und Faden den Bauch auf, von Pontius zu Pilatus, genauer gesagt von oben bis unten. Wie er unten angelangt war, da sprangen ihm lauter wackere Steine entgegen.

»Meine Galle, meine Niere«,
stöhnte die Großmutter,
»wer hat ihre Steine?«
»Wo hast du Rotbäckchen?« fauchte der Jäger.
Doch der Alten dämmerte es schon,
und zwar das Jenseits,
und sie orakelte nur:
»Ein Enkel kommt nie aus der Großmutter Bauch!«
Ansonsten wußte sie nur,
daß irgend etwas nicht stimmte.
Diese Symbolik zog dem Jäger die Röte auf den Schopf. Und damit endlich ertrat erst Rotbacke das Zimmer,
und es war alles durcheinander:
Ihr schauten nun vier Ohren ins Antlitz, und des Jägers rote bildeten wenigstens ein gewisses Verbindungsglied zwischen Rotbäckchens Bäckchen und Mutters Großöhrchen, Ohrmutters Größchen, Größmutters ... er war ganz konfus, obwohl er den Satz gar nicht selbst zu sprechen brauchte.
»In welchem Bauch warst du?« fragte er unbesonnen.
»Im Bauch des Waldes«, erwiderte Rotbacke.
»Dann ist Großmutter auch dort!«
sagte der Jäger und schoß mittels Gewehr Hals über

Kopf kurz und kräftig drauflos, um dem Wolf im Bett ein Ende zu bereiten.
»Aber das ist doch Großmutter«, entwischte es Rotbacke.
»Wölfe sehen immer so aus!« sagte der Jäger.
Darauf Rotbacke wieder:
»Ich hab' doch gar keine Blumen gepflückt.«
»Was?«
Mit einem Satz
stemmte sich Großmutter auf aus dem Bett.
Und wie sie die Rotbacke anschaute und die stotterte:
»Oh, Großmutter, was hast du für großes Ei, Oh, Ei Großmutter, was für Ohren?« wußte sie schwanend und wissend schwante ihr:
»Rotbacke!
Da kann nur die Reihenfolge nicht stimmen!
Augen, Kind, zuerst die Augen!«
»Was für Augen?«
»Nix, ich hab nix!«
»Großmutter, was für entsetzlich Mund?«
»Zuerst die Ohren, die Reihenfolge, Kind!«
»Was für ein Ohr?«
»Nix, ich sag' doch, ich hab' nix.«
»Was für ein Maul?«
»Red' mir nix ein, mir fehlt nix!

Der Wolf war vor dir da,
und hat auch schon so blöd gefragt!«
»Der Wolf war . . .?
Bist du denn nicht weg?« fragte der Jäger.
»Bin ich der Wolf?«
echote die Großmutter,
die wußte nun, was nicht stimmte.
»Nein?« sagte der Jäger,
»Warum hätte ich dich sonst erschießen sollen!«
»Die Reihenfolge!«
ächzte die Alte und sank in die Kissen.
Tragisch.

Schnee aus dem Bett
oder
Winter kommt federlos

Witwe
Zwei Töchter
Fleißig wie faul
Schön wäre lieber
Eine recht häßlich
Andre grad recht

Spinnen am Brunnen
Daß ihr das Blut
Sprang aus den Fingern
Sprang hinterher
Mit ganzer Hand

Sie aber schalt es
Faßte ein Herz
Da trat's herzu

Regnen die Äpfel
War voller Brot
Fühlt sich wie Schnepfe

Träumt sich schamrot
Schocksapperlot
Schnell aus dem Bett
Schnee am Skelett

Faßte sich Mädchen
Herz es besorgte
Vieltausendmal
Ach es gefällt mir
Sollt es denn gutgehn
Welt kriegt den Winter

Jungfrau ist Gold wert

Ach zieh mich raus
Ach hätt ich Lust
Schüttel mich schüttel
Mich schüttelt selbst

Legt sich in Pfuhle
Trotz weißer Kühle
Schnee wird zu Bett
Warm wird zu Matsch

Kikeriki
Rolle und Schmolle
Ist wieder hi
Pech aber blieb

Trotzdem wird Winter

Soweit Frau Holle

Aschen kam puttel
oder
Trug zu sich

Einem Manne ward die Frau krank,
und als sie fühlte, daß ihr Ende herankam,
rief sie ihr Töchterchen und sprach.
Darauf tat sie die Augen zu und verschied.
Das Mädchen ging hinaus und blieb gut.
Als eine von den vier Jahreszeiten kam,
nahm sich der Vater eine mit zwei Töchtern.
Da begann für das Töchterchen eine Zeit.

Sie nahmen ihm und zogen ihm und gaben ihm
und riefen und lachten und führten es in die Küche.
Da mußte es von morgens bis abends.
Obendrein taten ihm die zwei Töchter alles.
Abends hatte es neben dem Herd zu,
und weil es darum aussah,
nannten sie es.

Es trug sich zu,
daß der Vater einmal.

Da fragte er die beiden Töchter.
Diese sprachen.
Und das Töchterchen sagte nur.
Da brach er und nahm es.
Als er kam, gab er,
und das Töchterchen ging zu
und pflanzte und es begossen.
Es wuchs und ward. Und allemal kam ein Wunsch.

Es begab sich aber.
Da stellte der König ein Fest an.
Er schaute Braut und ließ anschlagen.
Als sie hörten, riefen sie und sprachen sie.
Und das Töchterchen gehorchte
und bat die Mutter.
Diese sprach.
Als es aber mit Bitten anhielt,
sprach sie endlich.
Das Töchterchen ging durch
und als es nun weinte, rief sie,
aber sie dachte.

Sie kehrte
den Boden
und
kehrte den Rücken
und niemand
war mehr daheim.

Da warf ein Vogel und keiner ahnte und keiner kannte und alle dachten. Und der König nahm es und tanzte und er wollte auch. Da wollte es und der König sprach, denn er wollte sehen.
Sie aber sprach und sprang.

Und das tat sie dreimal.
Aller guten Dinge sind ein Märchen.

Und der König ging nach und hielt es und es sprang hinter und es kletterte und der König wußte nicht. Aber er wartete und kam und sprach von der anderen Seite und konnte nicht folgen und hüpfte die ganze Treppe und blickte auf ihren Fuß. Da wusch es die Hände, ging hin und verneigte sich und sprach.

Und der König setzte es und sagte.
Und sie steckte wie angegossen und rief.
Da richtete sich der König
und sah ins Gesicht und meinte,
aber die Mutter antwortete.
Doch der König schrie und sprach
und die Mutter wurde.
Und es wurde Hochzeit gehalten
und alle riefen.
Und als das Töchterchen kam und sagte,
da wurde die Mutter erst recht.
Und das hatte sich keiner gedacht.
Und das sagten sie auch.

Dunkle Erinnerung
oder
Das Märchen vom Wolf und oder so in etwa

Wir wollen nochmal versuchen,
das Märchen zu erzählen
vom Wolf und den sowieso.
Aber das eben drückt es schon aus:
wir kriegen es nicht mehr zusammen:
Es war also einmal ein Wolf.
Und da ist bereits Schluß.
Das ist das Eigentliche, was übrig ist.
Wir wissen nur weiter: Der Wolf kommt irgendwohin, aber nicht rein, weil irgend jemand ruft: »Eure Mutter ist da!« Die taucht jedoch nie auf! Ganz am Anfang wird sie mal kurz erwähnt, daß sie nämlich sagen würde: »Ich geh' jetzt!«, und, wie gesagt, gleich drauf – da ist sie ja gerade gegangen – ruft sie schon wieder: »Eure Mutter ist da!«, und aus diesem Grund kommt dann der Wolf nicht da rein, wo er rein will.
Ganz komisch.
Irgend jemand sagt zum Beispiel sogar noch: »Du bist der Wolf!«, und das stimmt ja auch. Und trotzdem kommt er nicht rein.

Komisch.
Daraufhin hat der Wolf schlagartig eine weiße Pfote. Und eine weiße Zunge. Wozu, weiß kein Mensch, wozu er eine weiße Zunge braucht. Man guckt andern Leuten beim Sprechen ja nicht auf die Zunge. Auf die Hände vielleicht oder auf die Fingernägel, gut, aber auf die Zunge?! Wie man da sprechen müßte, nur damit der andere die Zunge sieht . . .
Sehr eigenartig.
Also, wie auch immer, liegen plötzlich Stühle unter einem Tisch, und irgendwelche Kissen auf einem Bett und irgendwo eine Waschschüssel, liegt in Scherben, mit andern Worten, es hatte irgend jemand alles irgendwohin gelegt.
Äußerst komisch.
Und irgend jemand nun ganz anderes schreit dann, er sei im Uhrkasten. Man weiß gar nicht, was das wieder soll. Und danach kommt wiederum irgend jemand und muß etwas erblicken. Wörtlich heißt es im Märchen: ». . . Ach, was mußte sie da erblicken!« Doch man erfährt wenigstens mal den Namen von dieser Sie, denn es heißt, wieder wörtlich: » . . .ging auf die Wiese, wo der Wolf schnarchte, daß sie – und jetzt der Name – die Äste zitterte!« ›Zitterten‹ steht genaugenommen da,

aber das kann nur ein Druckfehler sein. Nun geht diese Äste und beschaut sich den Bauch. Keiner weiß schon mehr welchen, – es ist so konfus – irgendeinen Bauch. Da wird an diesem Bauch eine Kleinigkeit sehr deutlich: daß sie, die Äste, daß sie überaus fromm sein muß, weil sie etwas von Gott sagt. Wörtlich: ». . .Ach Gott, sollten sie am Leben sein?«
Allerdings Fragezeichen.
Und wie aus dem Nichts hat der Wolf abrupt Steine im Bauch, und genauso abrupt hat er sie aus dem Bauch draußen, denn dann heißt es: ». . .die Steine zogen den Wolf in den Brunnen . . .«, und da müssen die ja zuerst mal drin gewesen sein. Jetzt ersäuft der Wolf in den Steinen. Ein Rätsel. Kindern diese physikalische Unmöglichkeit klar zu machen –
unlösbar.
Abermals kommt dann irgend jemand von irgendwo herbei und tanzt mit seiner Mutter – woher nun wieder die Mutter kommt, weiß auch kein Aas – tanzt mit seiner Mutter um den Brunnen herum und ruft dauernd – völlig idiotisch –:
»Der Wolf ist tot! Der Wolf ist tot!«
Und da erfährt man zum ersten Mal,
daß es sich die ganze Zeit

um einen Wolf gehandelt hat.
Höchst eigenartiges Märchen.
Eigen, volks- und eigentümlich.
Übrigens:
die einzige Auflösung aus diesem ganzen Schlamassel
ist nur,
daß ganz klein drunter steht,
wie bei Verträgen,
so ganz, ganz klein:
Brüder Grimm.
Aber ob das jetzt der Name ist,
oder ob die das so meinten . . .
›Brüder Grimm!‹,
aber das hilft einem eigentlich auch nicht weiter.

Zugabe?

Ich würde gerne
über Dornröschen
von einer weiteren Geschichte erzählen.
Doch die schlummert noch in mir,
und ich möchte und möcht' sie nicht wecken.

Nachwort
oder
Von Günter Verdin

Es gibt Bücher, die für sich selbst sprechen, keiner Vor-Sprache, aus unendlich vielen Vor-Wörtern zusammengesetzt, bedürfen. Eines dieser Bücher haben Sie eben gelesen. Wenn ich dennoch zumindest das letzte Wort haben möchte, so nur deswegen,

a) weil ich zu einem Vorwort aufgefordert worden bin,

b) ein Paket eine Schnur, der Schuh seinen Senkel, selbst der Selbstbinder seinen Knoten, eine Sammlung von Texten die Zusammenfassung brauchen,

c) weil ich Märchenparodien nie originell fand,

d) weil das vorliegende Buch keine Märchenparodien enthält.

Mathias Richling knüpft hier an eine Tradition an, die uns der große Lessing ganz schön madig gemacht hat: an die Tradition der Nachahmungspoetik im Sinne des Schwaben Wieland (für viele, die ihn wirklich kennen, das eigentliche ›Herrgöttle von Biberach‹). Auf das geniale Wie kommt es an. Richling borgt sich den Stoff aus dem reichen Fundus unserer schönen Hausmärchen. Doch da bleibt kein Stein auf dem anderen.

Denn aus einer ›dunklen Erinnerung‹ heraus schildert der Autor die Märchen kaum, wie sie irgendwo geschrieben und verewigt stehen; nur scheinbar unterzieht er sich der Mühe der Rekonstruktion (»Und irgend jemand kommt dann von irgendwo herbei ...«), wobei er die kleinen Detailchen durcheinander schüttelt, bis kaleidoskopartig immer neue Bilder, neue Geschichten entstehen.
Aus dem kollektiv Unbewußten, in dem weltweit das Archetypische nistet, bahnt sich höchst autonomes schriftstellerisches Bewußtsein den Weg zu ganz eigenartiger Interpretation: doch nicht mit tiefenpsychologischen (wie schon dagewesen), sondern mit puren literarischen Mitteln, mit der magischen Kunst der Bedeutungsvariation, memoriert sich Richling seine Märchen zurecht.
Ob Dornröschen nun tatsächlich auf den Sigurd-Brunhilde-Mythos zurückzuführen ist, oder, naturmystisch gedeutet, als die im Winterschlaf dahindösende Erde auf den Kuß des Sonnengottes zum Frühlingserwachen harret, ist für Richling weniger von Belang als die Tatsache, daß die Dornröschen noch unter uns weilen und ihr Leben verpennen. Und Richling verirrt sich ganz zielbewußt im eindimensionalen Märchenwald,

wo es nur eine Unwirklichkeit gibt und die Figuren schicksallos in der Ein-Schicht leben. Diese heile Welt, in der die Guten ebenso gewiß ins Töpfchen kommen wie in unserer Realität die Bösen in den Häfen, in der das Böse nur als Kontrast, nie als echte Bedrohung erscheint, inspiriert den Autor zur folgenden ironisierten Erkenntnis: »Und siehe da, die Welt geht auch ohne das Böse. Oder das, was dafür gehalten wird.«

Noch viel anderes Binsenweises ist in diesem Märchenbuche nachzulesen: »Ein Enkel kommt nie aus der Großmutter Bauch!«, schon um dieser Erkenntnis willen mußte das Märchen vom Rotkäppchen noch einmal gründlich überarbeitet werden. Oder: »Ich bin nicht da um vorliebzunehmen.« Eine ganze nachgewachsene Generation kann sich in diesen Worten des bösen Wolfes wiederentdecken. Nicht genug des Aktuellen: »Denn die Technik zeichnet sich nicht dadurch aus, daß sie alles kann, sondern daß wir nichts mehr wollen.«

Manchmal bleibt aber von den Märchen nur mehr die Ratlosigkeit des Autors ob des vielfach Wundersamen und wie es sich immer geschickt fügt; in diesen Augenblicken besonders köstlicher Irritation nimmt Richling den Volksmund besonders voll, Wort für Wort.

Es war einmal war nie.
Und wenn es schon so nicht gewesen ist, könnte es auch anders nicht so gewesen sein. Das ist das Prinzip des Märchenerzählers Mathias Richling. Die Atemlosigkeit, die für seine Bühnenkunst bereits zum Markenzeichen wurde, überträgt sich in diesen Texten auch auf den Leser in Endlossätzen, die auf ein Ziel losrasen, das unterwegs oftmals zur Nebensächlichkeit verkommt.
Das sind Richlings ganz neue Märchen.
Dornröschen hat 100 Jahre geschlafen, und als kein Prinz kam es wachzuküssen, kam Richling und kitzelte Dornröschen und fragte es, sobald es sich dehnte und reckte, nach einem sicheren Aufputschmittel. Dornröschen schüttelte sich angeblich vor Lachen und nahm ein gutes Buch zur Hand.
Hier ist es.

© Jürgen Hill

Datei

1983 neuntes Solo-Programm
(›Daß Fernseh' bled macht?‹)
1978 erste Erzählung
1977 achtes Studiensemester (z. B. Geschichte)
1981 siebtes Solo-Programm (›Ich habe nie gesagt‹)

1983	erste Schallplatte (›Ich bin's gar nicht‹, Intercord)
1954	erste Worte
1979	deutscher Kleinkunstpreis
1974	zweites Studiensemester (z. B. Musikwissenschaft)
1983	fünfzigster Abendschau-Fernsehschwabe (SDR)
1979	erste Fernseh-Serie (›Die kleine Heimat‹, ARD/SDR)
1980	erstes Duo-Programm (›Zu uns gesagt‹, mit Günter Verdin)
1974	erstes Solo-Programm (›Köpfe u.v.a.‹)
1981	erste Magister-Arbeit (Literaturwissenschaft)
1983	zweite ARD-Aufzeichnung, siebtes Solo-Programm (SDR)
1974	erster Bühnentext
1981	erstes Buch (›Du bist so treibend wahnesblöd‹, Spectrum)
1954	erste Schuhe
1975	erste Zwischenprüfung (Geschichte, Literatur, Philosophie)
1973	einziges Abitur
1981	erster Abendschau-Fernsehschwabe (SDR)
1975	einmalige Schauspielabschlußprüfung

1960	erster Schultag
1984	George Orwell
1974	erstes Bühnenengagement
1979	fünftes Solo-Programm (›Die Tagesabläufe des Musport Heinchen‹)
1981	erste ARD-Aufzeichnung, viertes Solo-Programm (SDR)
1975	viertes Studiensemester (z. B. Philosophie)
1984	vierte ARD-Aufzeichnung, neuntes Solo-Programm (SRD)
1981	dritte ARD-Aufzeichung, erstes Duo-Programm (WDR)
1973	erstes Studiensemester (z. B. Literaturwissenschaft)
1979	viertes Solo-Programm (›Zuerst mal die Zugaben‹)
1977	drittes Solo-Programm (›Ich bin's gar nicht‹)
1981	sechstes Solo-Programm (›Weltbild Valentin‹)
1953	erstgeboren
1976	zweites Solo-Programm (›Riesenblödsinn?‹)
1982	achtes Solo-Programm (›Ich wiederhol's gerade mal‹)
1984	zweites Buch (›Ich dachte, es wäre der Froschkönig‹)

MATHIAS RICHLING
DU BIST SO TREIBEND
WAHNESBLÖD
– Wahrmögliche Geschichten –

120 Seiten
Format 11,5×21,5 cm
Einbandgestaltung und
Illustrationen:
Rainer Hägele

Nun gibt es uns also der Menschendarsteller Mathias Richling schriftlich. Auch als Autor schlüpft er, wie als Kabarettist auf der Bühne und im Fernsehen, in die verschiedensten Stilrollen. Seine Figuren sind ebenso Solisten, zurückgeworfen in ihre strampelnde Sprachlosigkeit: Das reicht von der Weltlichkeit der Heiratsannoncen der späteren Braut Christi, Rosine, über die Körpersprache der Wolania Langmut bis zur Erfindung einer neuen Sprache – als ob wir an den alten nicht genug zu kauen hätten! Wie sagt doch der Autor selbst: »Es ist größte Spannung am Platze.«